Spanish

Cano, Carles
    ¡¡¡Mamááá...!!! / Carles Cano ; ilustraciones de Paco Giménez ;
traducción del autor. — Madrid : Anaya, 2012
    40 p. : il. col. ; 20 cm. — (Sopa de libros ; 145)
    ISBN : 978-84-678-2896-2
    1. Pesadillas. 2. Miedos infantiles. I. Giménez, Paco, il. II.
Cano, Carles, trad.
    0875.5:849.91-3

¡¡¡Mamááá...!!!

SOPA DE LIBROS

Para M.ª Jamón y M.ª del Jamoncito, o lo que es lo mismo,
Milu e Inma, supermamás.

Título original: *Mamàààà...!!!*

© Del texto: Carles Cano, 2012
© De las ilustraciones: Paco Giménez, 2012
© De esta edición: Grupo Anaya, S. A., 2012
Juan Ignacio Luca de Tena, 15. 28027 Madrid
www.anayainfantilyjuvenil.com
e-mail: anayainfantilyjuvenil@anaya.es

Diseño: Manuel Estrada

Primera edición, marzo 2012

ISBN: 978-84-678-2896-2
Depósito legal: M-7943-2012

Impreso en España - Printed in Spain

Las normas ortográficas seguidas son las establecidas por la
Real Academia Española en la nueva *Ortografía de la lengua española*,
publicada en el año 2010.

Carles Cano

¡¡¡Mamááá...!!!

Ilustraciones de Paco Giménez

Traducción del autor

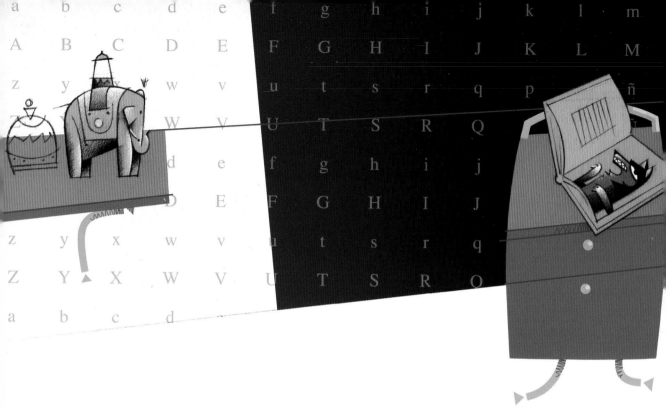

Como cada noche, mamá me lee un cuento
y yo me quedo dormida.

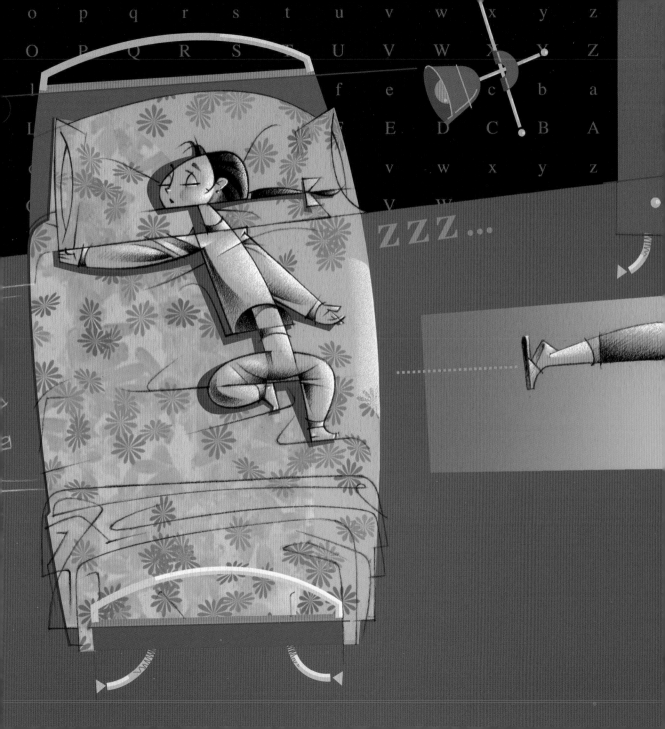

Justo en el momento en que el lobo
se me va a zampar…

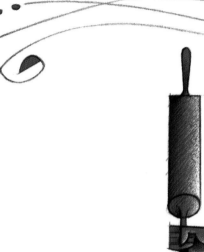

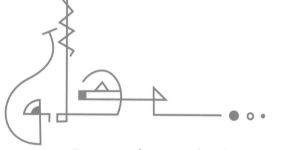

O en el que la bruja nos ha atrapado
a Hansel y a mí, y nos está metiendo
en la olla para cocinarnos...

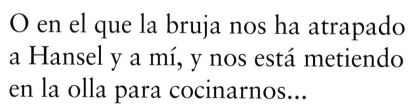

O cuando la malvada madrastra
me ha enviado al bosque con un soldado
que me arrancará el corazón…

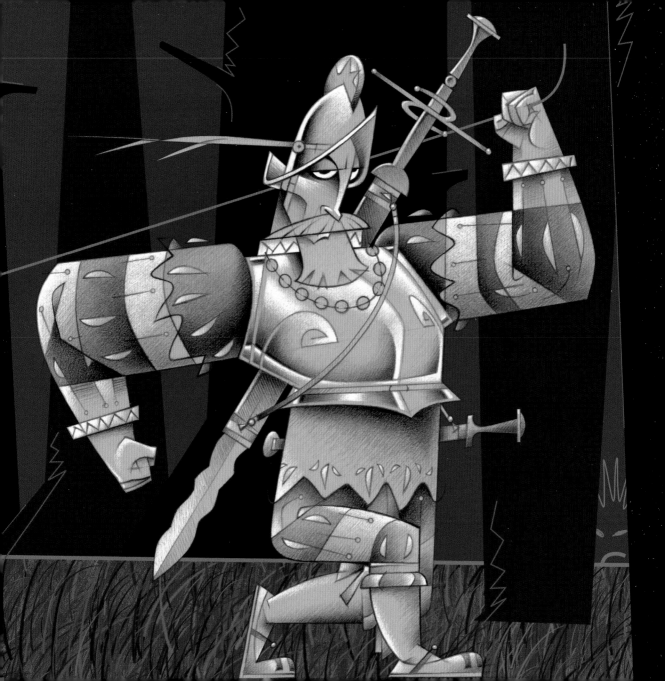

O cuando el fiero dragón me
ha raptado y me lleva a su cueva,
de donde nunca más podré salir…

O mientras el hombre del saco
me arrastra por oscuros callejones...

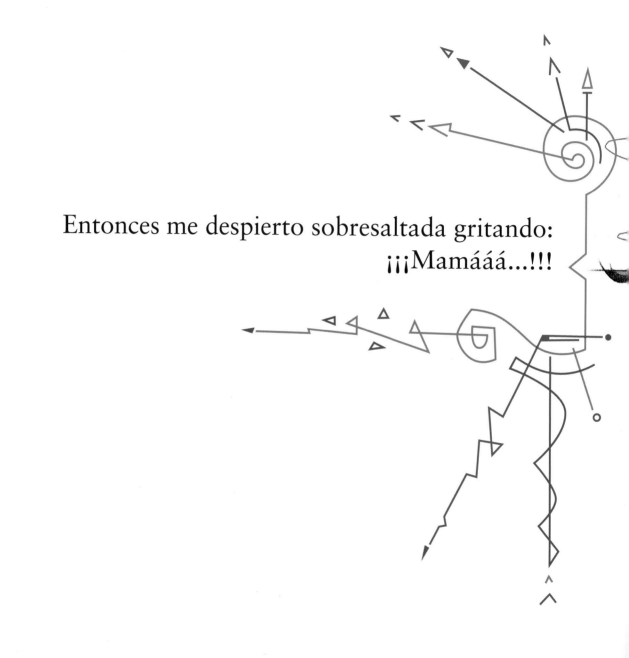

Entonces me despierto sobresaltada gritando:
¡¡¡Mamááá...!!!

Y mi supermamá llega volando hasta
mi sueño para rescatarme.

Z
Z
Z...

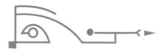

Se disfraza de cazadora o de leñadora
para asustar al lobo.

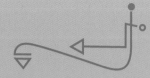

Invita a un buen cocido
a la pobre bruja que siempre
come tan mal.

Me cambia por un higadillo de cerdo,
dos morcillas y tres gominolas.

Le entrega al dragón
un tesoro de monedas de chocolate
a cambio de mi libertad.

Y de un par de escobazos, saca del sueño
al hombre del saco, al que odia desde pequeña
y nunca ha sido invitado a nuestros cuentos.

Después, cierra el libro
de donde han salido aquellos personajes
y pone encima una figurita de elefante
para que nadie pueda volver a salir.

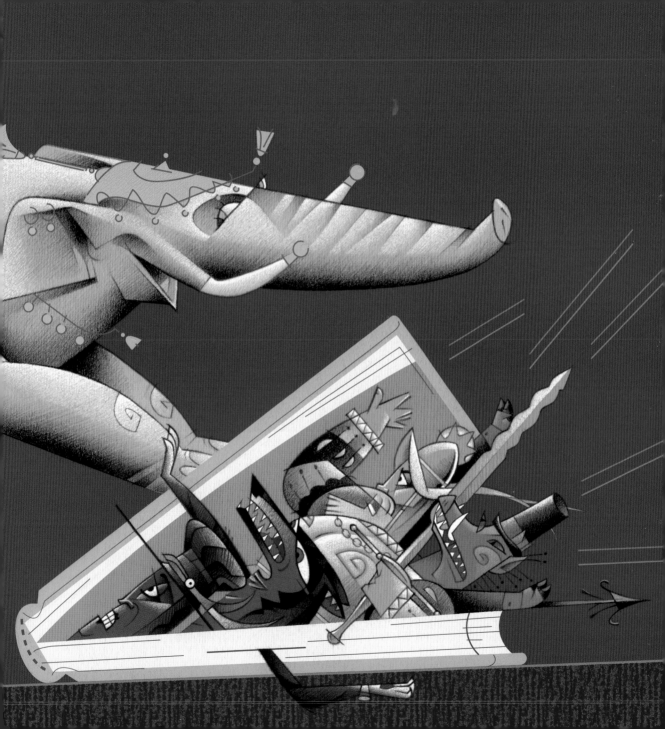

Por último, me da un beso tan dulce,
que me paso el resto de la noche soñando
con campos de flores, ciudades de caramelo
y figuritas de mazapán.